꽃을 보는 너

꽃을 보는 너

발행일	2020년 12월 17일		
지은이	연서율		
펴낸이	손형국		
펴낸곳	(주)북랩		
편집인	선일영	편집	정두철, 윤성아, 최승헌, 배진용, 이예지
디자인	이현수, 한수희, 김민하, 김윤주, 허지혜	제작	박기성, 황동현, 구성우, 권태련
마케팅	김회란, 박진관, 장은별		
출판등록	2004. 12. 1(제2012-000051호)		
주소	서울특별시 금천구 가산디지털 1로 168, 우림라이온스밸리 B동 B113~114호, C동 B101호		
홈페이지	www.book.co.kr		
전화번호	(02)2026-5777	팩스	(02)2026-5747

ISBN   979-11-6539-532-2 03810 (종이책)   979-11-6539-533-9 05810 (전자책)

이 도서의 국립중앙도서관 출판예정도서목록(CIP)은 서지정보유통지원시스템 홈페이지(http://seoji.nl.go.kr)와
국가자료공동목록시스템(http://www.nl.go.kr/kolisnet)에서 이용하실 수 있습니다.
(CIP제어번호: 2020052613)

연서율 시집

꽃을 보는 너

마음에 병이 났다
그러나 나의 강아지가 있어서
그리고 당신이 있어서
발 밑에선 꽃이 피어난다

북랩 book Lab

시를 쓰며

—

인생은 역설적인 순간들의 반복인 것 같다. 참으로 역설적이게도 나는 책 읽는 것을 좋아하지 않는다. 최근 5년 동안 읽은 책은 단 두 권이다. 그런 내가 글을 썼다. 이 시집에 담긴 '끝의 역설'이라는 시처럼, 살면서 우리는 많은 역설적 순간을 마주한다. 그것이 모순임을 모른 채. 어둠 속을 깊이 헤매고 있을 때 글을 쓰는 것은 내게 별빛이었다. 아침에는 별이 보이지 않지만 우주 저 멀리에서는 계속 빛나고 있다. 글은 늘 나를 비춰 준 희망이었다. 나처럼 마음의 병이 있는 사람들에게, 그리고 화려한 글솜씨는 아니지만 무심한 듯 툭 내뱉는 글이나 자꾸 되뇌며 곱씹게 되는 글을 좋아하는 사람들에게 이 시집이 힘이 되었으면 좋겠다. 나의 첫 번째 시집이자 많은 의미가 담긴 이 시집이 당신의 가슴 속에도 작은 별로 남기를 바라며…

목차

Part **2** 나의 일상

Part 3 . 나의 아픔

꽃을 보는 너

Part **1**

나의 강아지

하루하루

네가 언젠간 내 곁을 떠날 것을 알아 괴롭다
시작이 있으면 끝이 있는 것이고
만남이 있으면 헤어짐이 있기에
영원을 바라는 내 간절한 바람은 사치스럽다

하루하루를 소중히
너와의 행복을 만끽하고 싶지만
마지막이 있다는 두려움에
어째 하루하루가 슬프다

꽃을 보는 너

Part.1 나의 강아지

작은 우주

내 옆에 누워
스르륵 잠에 들려는
너에게 기대보았다.
머리를 맞대어보면
너의 생각이 들릴까 싶어
살포시 다가가보니
그 작은 머리에서
너의 모든 것이 느껴지더라

꽃을 보는 너

Part.1 나의 강아지

숨소리

너의 숨소리는
내가 살아있다는 증거이다
너의 숨소리는
나의 자장가이고
너의 숨소리는
나의 아침이다
네가 숨을 크게 내쉴 때
비로소 나는 죽였던 숨을
한 모금 들이쉰다.

꽃을 보는 너

Part.1 나의 강아지

꽃을 보는 너

꽃을 좋아하는 민들레 같은 너
꽃밭에서 꽃 하나하나
냄새 맡기 바쁘다
총총총 걸어다니며
이 꽃 저 꽃 정성스레
마음에 담기 바쁘다

그런 너를 보는 나는
어느 날 네가 민들레 홀씨가 되어
바람에 물들어
저 멀리 날아가 버려도
남겨진 꽃대를 보며
꽃을 좋아하던
너를 그리워하련다

꽃을 보는 너

Part.1 나의 강아지

#FFFFFF(255 255 255)

예전에는 하얀색을 보면
하늘에 떠 있는 구름이 생각났고
하늘에서 펑펑 쏟아지는 눈이 생각났고
과일이 올려진 새하얀 생크림 케이크가 생각났는데
이제는 하얀색을 보면
천사 같은 네가 생각난다 두부야

후회

피곤하다는 핑계로
쉬고 싶다는 핑계로
힘들다는 핑계로
아프다는 핑계로
나의 전부인 너를
외면했다
귀찮아했다
나중에 후회할 걸 알면서
알면서도 그랬다

오늘은 감히 네가 나의 전부라고 말하지 못하겠다
나중에
나중에
이 글을 보며 가슴을 부여잡고
눈물을 흘릴 네가 보인다

마음껏 후회해라

후회해도 넌 돌이킬 수 없다

꽃을 보는 너

천사

네가 천사라는 걸 알고 있지만
하늘이 조금만 늦게
아니 사실 아주 많이 늦게
널 불렀으면 좋겠다

너의 애교에 넘어가고
너의 미소에 나도 웃음짓고
너의 온기에 내가 살아있음을 느끼는 지금
지금 이 순간이
아주아주 오래가면 안 될까
너의 맑은 눈동자를 보며
눈빛으로 말해본다

네가 작고 하얀 천사라는 걸 알고 있지만
하늘이 너는 예외로
너무 특별하니까 예외로
널 부르지 않았으면 좋겠다

꽃을 보는 너

중력(gravity)

너의 작은 행동 하나가
나의 모든 걸 요동치게 만든다

너의 맑은 눈빛 하나가
나의 모든 걸 움직이게 만든다

너라는 작은 존재는
나의 모든 걸 움직이게 하는
아주 크고 강한 중력
그 중력에 이끌려
이 세상을 떠나지 못하고 있다

나의 전부에게

두부야
네가 살아있는 동안
마음껏 뛰놀아라
이제는 혼내지 않을 테니
다니고 싶은 곳은 다 가봐라

간식이 먹고 싶으면
너 배부를 때까지 줄 테니
먹고 싶은 것 마음껏 먹어라

장난감 가지고 와서 놀자 하면
너 지칠 때까지 놀아줄 테니
언제든 장난감 물고 와서
나랑 놀자고 해주라

밥투정을 하면서 으르렁거리면
한 알 한 알 먹여줄 테니
네가 하고 싶은 대로 다 해라

다만, 네가 내 곁을 떠날 때
아프다 가지 말아주라
네가 곁에 있는 동안 다 해줄 테니
떠날 때는 내 마음 조금만 아프게 해주라

꽃을 보는 너

Cor meum(나의 심장)

네가 눈에 밟히더라
정신이 혼미해져가는 순간에
쓰러지던 순간에
네가 눈에 밟히더라

문을 여니 달려오는 모습에
내 품에 안기겠다는 모습에
쓰다듬어주니 나를 쳐다보는 모습에
나의 심장에 수천 개의 가시가 박혔다 뽑힌 듯
마음이 너무 쓰리더라
마음이 너무 아리더라
그래서 너를 계속 쓰다듬었다
쓰다듬고 또 쓰다듬었다
너의 가슴에서 뛰는 작은 심장박동에
나의 심장도 다시 뛰더라

작은 생명체

나를 웃게 하는 작은 생명체
나를 울게 하는 작은 생명체
내 감정을 손에 쥐고 뒤흔드는
작은 생명체, 우리 집 강아지 두부

네가 나를 울게만 할 날이
점점 다가오고 있어
우리가 함께할 날이
점점 줄어들고 있어
나는 벌써부터 애가 탄다
아직 멀었는데
벌써부터 불안하다
내 품에 안겨 곤하게 자는 너에게
건강하게 살아달라
속삭여본다

꽃을 보는 너

Part.1 나의 강아지

하얀 눈

아무도 밟지 않은
새하얀 눈 위를 걷는
새하얀 강아지

아무도 밟지 않은
새하얀 눈 위에
발도장을 꾹, 꾹, 찍어둔다

너의 그 발자국을 밟을까
나는 눈 위를 아까운 듯 걷는다.
너의 모든 자취를 그대로 남겨두고 싶은 내 마음
아는지 모르는지
신나서 발도장을 찍고 다니는
새하얀 눈밭 위 새하얀 강아지

선녀와 나무꾼

내 품에서 자고 있는 네가
어느 날 갑자기 날아가버릴까
불안해하는 나무꾼의 그 마음을 알 것만 같다
선녀는 비단옷을 입고 날아간다지만
너는 어떻게 하늘로 날아갈지 모르기에
더 불안하다 더 초조하다
그래서 하나 바람이 있다면
네가 날아가는 걸 붙잡지 않을 테니
하늘로 날아가는 그 순간을
함께할 수만 있다면
난 그걸로 충분하다 충분하다
오늘부터 되뇌어보련다

인어공주

나의 목소리를 줄 테니
우리 강아지가 말할 수 있게 해주세요

나의 목소리를 줄 테니
우리 강아지가 '나 아파'라고 말을 할 수 있게 해주세요

나의 목소리를 줄 테니
우리 강아지가 '고마워'라고 말을 할 수 있게 해주세요

나의 목소리를 줄 테니
우리 강아지가 '사랑해'라고 말을 할 수 있게 해주세요

나는 물거품이 되어도 좋으니
우리 강아지가 아플 때 아프다고 말할 수 있게
그렇게 해주세요

첫 만남

너를 처음 본 순간
기분이 정말 이상했다
손바닥 위에 올라갈 만큼
작은 네가 너무나 사랑스러웠다

나는 바로 집으로 가지 않고
근처 공원 벤치에 앉아
이동가방에 담긴 너를 꺼내 안아보았다
그리고는 네가 내 가족이 되었다는 것을 실감했다

그날 밤 네가 낑낑거리면
잠이 많던 내가 벌떡 일어나 너에게 달려가고
네가 작은 소리만 내어도
혹여나 작은 네가 잘못될까 잠을 못 잤다

아직도 너를 보면
처음 만났던 그 순간이 생생하다
이젠 말도 다 알아듣고
의사표현도 할 줄 아는 네 살 강아지

나에게는 언제나
첫 만남 때와 같은 아기 강아지

악몽 I

내가 매일 악몽을 꾼다고 투덜대지만
너는 악몽을 꾸지 않았으면 한다
가끔 자다가 짖는 소리를 낼 때
끙끙거리는 소리를 낼 때
깜짝 놀라 잠에서 깰 때
나는 너의 작은 발을 살포시 잡아주거나
몸을 조심스레 쓰다듬어준다

내가 매일 악몽을 꾸기 싫다고 투덜대지만
너만은 항상 좋은 꿈만 꾸었으면 좋겠어서
너의 악몽도 내가 대신 꾸고 싶다.

새근새근

내 옆에서 새근새근 자는 아기 강아지
어떨 때는 말을 할 것 같고
어떨 때는 갓난아기 같고
어떨 때는 내 둘째 동생 같은 아기 강아지

새근새근 곤하게 자는 숨소리에
내 움직임도 살금살금
혹여나 잠에서 깰까
걱정하고 있어도 걱정되는
우리 아기 강아지

Part.1 나의 강아지

바깥 구경

바깥을 보는 게 그렇게도 좋은지
내 방만 오면 창문으로 달려와
밖을 내다보곤 하는 너

밖에 나가고 싶어서인지
아니면 내가 맡지 못하는 냄새가 나서 그런지
밖을 내다보며 코를 열심히 움직이는 너

그런 너의 뒷모습을 보며
산책을 자주 못 시켜 미안하기도
열심히 내다보는 모습이 사랑스럽기도 하다

너와 바깥 구경을 하는 시간이 나의 삶의 낙
옆에 꼭 붙어 내 말을 알아듣기라도 하는 듯
경청하는 네 모습이 너무 예뻐 눈물이 난다

Part.1 나의 강아지

산책

'산책 가자'하면 신나서
나에게 빨리 옷을 갈아입으라고 재촉하는
너를 어쩌면 좋을까

나보다 앞장서서 용맹하게 걷다가도
내가 잘 오고 있나 뒤돌아보는
너를 어쩌면 좋을까

가끔 처음 보는 것이 있으면
왈왈 짖다가도 무서워서 내 뒤로 숨는
너를 어쩌면 좋을까

'집에 가자'하면 알아서 집으로 향하고
엘리베이터도 기다릴 줄 아는
너를 어쩌면 좋을까

이렇게나 사랑스러운

너를 어쩌면 좋을까

꽃을 보는 너

인연

대체 너와 난 무슨 인연이 있기에
너를 분양한다는 글을 클릭했고
분양을 받기로 마음을 먹었고
방화동에 가서 너를 직접 데려와
나의 가족으로 맞이했을까?

대체 너와 난 무슨 인연이 있기에
네가 조금이라도 아파하면
나의 마음은 찢어질 것 같고
네가 악몽을 꾸는 날이면
못된 꿈을 물리쳐주고 싶고
네가 우는 소리를 내면
내 모든 신경이 너에게로 쏠릴까?
대체 너와 난 무슨 인연이 있기에…

꽃을 보는 너

꽃을 보는 너

Part **2**

나의 일상

올리브 나무

엄마가 사 온 올리브 나무
신이 주신 선물이라 불린다지
우리 집에 온 지 한 달이 좀 넘어서였나
너는 무엇이 그리 힘들었는지
축 처진 채 더 이상 자라지 않더라
여긴 행복한 공간인데
여긴 행복한 우리 가족의 보금자리인데
너는 왜 그랬을까

아, 너에게는 이곳이 불행한 공간이었구나
행복은 늘 상대적인 것이라는 걸
알면서도 나는 잊고 있었구나

네 마음이 편한 곳으로 가렴
네가 행복할 수 있는 곳으로 가렴
올리브 나무야

눈 내린 날 아침

고요하다
눈이 내린 날 아침은
참으로 고요하다

소복이 쌓인 하얀 눈들이
주변 모든 소리를 머금은 듯
눈이 내린 날 아침은
언제나 고요하다

꽃을 보는 너

술자리

술은 못해도 꼭 가는 술자리
안 마시는 걸 알아도 꼭 비워놓는 한 자리
잔을 채우는 대신 자리를 채우고
세상 뭐 있냐는 듯 시끌벅적 떠들고 놀다 보면
친구들 하나 둘 취해가고
나는 숨을 크게 들이쉬었다
하나, 둘, 셋에 숨을 크게 내뱉는다
그 숨의 숨은 의미
나중에 알려줄래

숨

하나, 둘, 셋에 숨을 내뱉는다

나의 숨에 담긴 숨은 의미

다행이다

오늘 하루도 잘 견뎌서 다행이다

오늘 하루도 잘 보내줄 수 있겠다

그게 전부다

꽃을 보는 너

별빛 꿈

아침에 깨어나니
지난밤 꿈이 너무나 선명했다
선명하다 못해 찬란했다
자는 동안 별빛이 내 꿈을 스치고 갔나보다

추억 하나

정처 없이 돌아다니다
이곳에 왔다
추억 하나 소란스레
남기고 간다

허공을 향해 소리질러보기도 하고
한숨을 크게 내쉬기도 했다가
추운 바닷바람에 덜덜 떨기도 하며
그렇게 시간을 보내다 간다

내 머릿속에 그렇게 보내준 시간들이
영상처럼 남아 재생된다
내 머릿속에 그렇게 보내준 시간들이
하나의 추억으로 남겨진다
그렇게 적막하게

여름과 가을의 시간

온종일 뜨거웠던 하루
더위에 젖어 땀을 뻘뻘 흘리고
더위에 지쳐 나태해지고
더위에 찔려 숨쉬기도 버겁다

그러다

아침의 공기가 바뀐다
저녁의 바람이 바뀐다
새벽의 느낌이 바뀐다
가을이 오기 시작한 것이다

하늘은 청명하고
바람은 선선하고
마음은 공허하다

아직은 덥지만
신호를 준다
가을이 오고 있다고

나는 두 계절의 사이에서
따뜻한 공허함을 느낀다

꽃을 보는 너

물음표자리

9살쯤이었나 수련회에서
캠프파이어를 하는데
난 사회자의 말에 집중을 안 하고
까마디까만 밤하늘에 집중했다
그러다 발견한 물음표 모양의 별자리

그 뒤로 밤하늘을 보며
물음표자리를 찾으려 애썼다
물음표자리를 보면
밤하늘도 생각을 하는 것 같더라
밤하늘은 무엇이 궁금할까?
밤하늘도 생각을 하는 걸까?

그러다 시간이 지나고
내가 더 많은 것을 배우고 난 후에야
그것이 북두칠성임을 알았다

그래도 여전히 나에겐 물음표자리
밤하늘을 올려다보고 있는 지금
내가 있는 곳도 캠프파이어 그때 그 자리

꽃을 보는 너

해

나의 태양이 되고자 했던 너는

결국 내게 해(害)가 됐다

보름달

유난히 크게 뜬 보름달
유난히 밝게 뜬 보름달
지금 그대도 이 보름달을 보고 있을런지요
아까 내가 주변 별들에게 부탁해두었습니다
달에게 말해 그대가 하늘 위 보름달을 볼 때
내 생각이 나게 해달라고
별들이 달에게 잘 전달해주었겠지요
약속을 지켰기를 바라며
오늘은 창문을 열어놓은 채 잠들렵니다

꽃을 보는 너

힘든 하루

힘든 하루를 보냈을 너에게
무슨 말을 전하면 좋을까
나의 말이 위로가 될 수 있을까
그냥 꼭 안아주고 싶은데
그럴 수가 없으니
글로 꼭 안아줄게
너의 힘든 하루 내가 안아줄게
너의 힘든 하루 내가 아파해줄게
너의 힘든 하루 내가 혼내줄게

닳은 신발

너와 난 끝에 다다른 듯하다
산의 맨 꼭대기 벼랑 끝처럼

사랑은 다 다른 듯하다
사람의 외모가 다 다른 것처럼

그러나 항상 결말은 같다
뻔하디뻔한 막장 드라마처럼

나는 다를 거라던 사람도 결국 똑같다
다 닳아버린 신발처럼
그렇게 나를 쉽게 버리는 것을 보면

내일은 달콤한 맛으로 주세요

시원하고 달콤한 아이스티처럼
하루가 달달한 맛이면 얼마나 좋을까?
왜 이렇게 삶은 쓴 맛으로 가득할까?
왜 내 인생은 이렇게 쓰기만 할까?

오늘 하루 분명 새콤달콤한 맛도 있었는데
쓰디쓴 그 일 때문에
그것이 너무 강한 맛으로 남아
쓴 하루를 보냈다 생각하는 것은 아닐까
맛은 다양하고
우리는 그 맛들을 모두 느낄 수 있으니까
내일은 달콤한 맛에 집중해보기로

너는 소중해

감정이 메말라버린 것 같은 요즘
눈을 감고 천천히 예전의 기억을 떠올려본다
때로는 난 누군가가 웃음짓는 이유였고
때로는 난 누군가가 걱정하는 이유였고
때로는 난 누군가가 설레이는 이유였다
이렇게 기억을 떠올리고 나니
서서히 소중함이란 감정이 피어났다

꽃을 보는 너

지금

고마움을 전하는 것도
미안함을 전하는 것도
좋아함을 전하는 것도
네가 여전히 내 옆에 있기에
아직 늦지 않은 지금

유턴

내가 다가가면 너는 날 지나치고
더 빨리 가려 하면 너는 점점 더 멀어진다
마치 반대 차선에 놓인 차들처럼
우리는 계속 엇갈릴 운명인가보다

꽃을 보는 너

우주에서의 만남

다음에 밥 먹자 연락'해'
이번 '달'엔 꼭 보자
'별'일 없으면 만나자

봄꽃

활짝 핀 당신의 미소
활짝 핀 당신의 얼굴
활짝 핀 당신의 말투까지 꽃을 닮았습니다

그런 당신이 내게 꽃으로 온다면
나는 당신의 봄이 되겠습니다

나라는 봄 안에서 마음껏 꽃을 피웠으면 합니다
내 마음의 계절은 언제나 봄으로 둘 테니

꽃을 보는 너

봄이 말하더라

누군가는 나보다 더 일찍 성공하고
누군가는 나보다 더 많은 돈을 벌고
또 누군가는 나보다 더 행복한 삶을 산다

그런 누군가를 보며
자괴감을 느끼고
패배감을 느끼고
부러움을 느끼는 사람들에게 봄이 말하더라

피어난 꽃들도
아직 피지 못한 꽃들도
모두 예쁜 봄이다

그대는 조금 늦게 피어나는 꽃일 뿐
늦게 피어난다 해서 꽃이 아닐 리 없으며
늦게 피어난다 해서 봄이 아닐 리 없다

영화

미래를 생각하면 눈앞이 캄캄하다
그것은 아직 영화 상영 전일 뿐
이 영화가 재생되면 무슨 일이 펼쳐질지
아무도 모른다

꽃을 보는 너

꽃구경

봄이 왔다길래 뉴스에서 하도 떠들어대서
어디 나도 꽃구경이나 한 번 가볼까 하고
나선 봄나들이
이 꽃, 저 꽃 향기를 맡으며
그 아름다운 색이 부러운 듯 툴툴거리니
활짝 핀 봄꽃이 내게 말하더라
너도 예쁘게 필 수 있다고

봄이라 부르리

마주잡은 손으로 전해지는
따뜻한 향기와
활짝 핀 꽃 같은 미소
난 그대를 봄이라 부르리

꽃바람

살랑이는 꽃바람
한껏 깊이 들이쉰 숨에
봄내음이 가득하다

매년 오는 계절
뭐가 그리 다르다고
봄만 오면 그리들 모여
꽃구경을 하나 싶었는데

다르구나
작년의 꽃내음과 봄 풍경이
다르구나
작년의 나와 올해의 내가
다르구나
봄을 대하는 나의 마음과 행동이

이제 진짜 아픔을 벗어났구나

이제 진짜 어른이 되었구나

꽃을 보는 너

꽃밭

당신의 미소 한 송이
당신의 행동 한 송이
당신의 말 한 송이가 피어나
내 주변을 꽃밭으로 만들었으니
내 마음은 온통 봄으로 가득합니다

봄은 너로부터

꽁꽁 모든 걸 얼려버리는 추위가 지나고
조금씩 조금씩 따스한 햇살과 함께 봄이 움튼다
작은 새싹에 물을 주는 너의 그 마음
봄의 따스함이 새싹을 틔우는 햇살로부터 오듯
따뜻한 세상은 너로부터 오는구나

새싹은 자라 꽃을 피워내고
꽃잎은 봄바람에 살랑이며 땅에 내려앉는다
떨어진 꽃잎을 소중히 주워 담는 너를 다시 만나며
너도나도 나선 꽃구경에 한창 취한 그때 깨달았다
봄의 향기가 저 꽃들로부터 오듯
아름다운 세상은 너로부터 오는구나

파도

파도가 바다의 이야기를 담고 온다
쏴아아아
무슨 고난을 겪은 것인지
아주 큰 소리로 울부짖는다
거센 비를 맞은 것인지
거친 바람을 만나 고생했는지
너의 사정을 다 알 수는 없지만
그냥 해안가에 앉아
너의 얘기를 들어주련다

여름향

뜨거운 여름의 태양처럼
열정적인 향
푸르른 나무의 그늘처럼
시원한 향
새파란 하늘의 구름처럼
산뜻한 향
내가 느끼는 여름의 계절향

단풍의 마음

늘 푸르던 네가
어느 날 갑자기 빨갛게 변했다
늘 푸르던 네가
어느 날 갑자기 노랗게 변했다
마치 염색이라도 한 것처럼
마음의 변화가 있었나
아니면 변화를 주고 싶었나
나뭇잎에게 물어보니
그냥 계절의 변화를 알리고 싶었단다
가을이 왔다고

단풍잎

항상 푸른색을 띄다가
가을이 오면
잠깐 색을 바꾸고
바람에 떨어지는 단풍잎

단풍나무를 더 오래 보지 못해
아쉬운 마음이 가득하다
앙상해진 나뭇가지를 보며
이 또한 인생과 같다 생각한다

항상 푸른빛 젊음으로 살다
여러 가지 색의 다양한 모습을 보여주고
늙어 앙상해진 모습으로
이번 생을 추억하고 되돌아보는 모습

단풍의 마음 또한 이와 같으리

발걸음

밤새 펑펑 쏟아지던 눈이
땅 한가득 쌓여 얼어붙었다는데
혹여나 나에게 오다 다치지는 않을지
걱정이 눈과 함께 쌓여가고 있습니다
밖에 나가 안절부절 움직이니
나의 체온에 쌓인 눈이 녹아내리더군요
그때 깨달았습니다
당신을 기다리는 나의 마음이 눈을 녹인 것처럼
겨울날 얼어붙은 눈을 녹이는 건 그 무엇도 아닌
나에게로 오는 당신의 그 따뜻한 발걸음이겠지요

눈이 내린 땅

느즈막한 밤부터 눈이 한 송이 한 송이 내리더니
땅 위에 제법 쌓였습니다
걱정되는 내 마음을 아는지 모르는지
눈은 무심하게 하늘에서 계속 내리고
나는 땅에 쌓인 눈을 쓸다
문득 이런 생각이 들었습니다

당신이 한없이 내리는 눈이라면
난 당신이 쉴 수 있는 땅이고 싶다

그대가 내 마음에 한 송이 한 송이 내려
가득 쌓인다면
나는 땅이 되어 그대가 내 마음 위에서
편히 쉬기를 바라는 마음 뿐입니다

꽃을 보는 너

배드민턴

아파트 배드민턴장에서
15년 만에 엄마랑 치는 배드민턴
15년 전엔 내가 항상 이겨
재미없게 끝나는 승부였다
모든 운동을 다 이겨서 재미없었지

15년 뒤 다시 치는 배드민턴
당연히 내가 이길 줄 알았는데
엄마에게 완패당했다
충격적이면서도 안도감이 들었다
내 운동신경이 이만큼 죽었구나 하는 충격
우리 엄마가 아직 건강하구나 하는 안도감

그런데 승부욕 강한 나는
묘한 패배감에 다시는 못 치겠더라

커피

어른이 되면 잘 마실 수 있을 줄 알았던 커피
어른이 된 지금도 여전히 커피는 쓰다
커피 한 모금에 심장이 두근거리고
커피 한 모금에 속이 안 좋다
그 뒤로는 잘 안 마시게 된 커피

곧 스물여덟이 되는 나는
이제 누가 봐도 어른이지만
나 스스로 어른인 척 하고 싶은 날엔
근처 카페에 들어가 커피 한 잔을 주문한다

어른이 되면 잘 마실 수 있을 줄 알았던 커피
서른을 바라보는 지금도 여전히 커피는 쓰다
커피의 쓴 맛을 알아야 어른이라던데
아직 잘 모르겠는 걸 보면
어른이로 남아있어도 되겠지?

친구를 위해(서현이)

노력의 끝이 배신인 경우는 없더라
열정의 끝이 허망인 경우는 없더라
인내의 끝이 절망인 경우는 없더라
단지 남들보다 조금 늦게 찾아올 수는 있어도
그건 그냥 타이밍이 안 맞았을 뿐

너의 노력이 좋은 결과를 가져다줄 것이고
너의 열정이 허망 대신 희망을 가져다줄 것이다
다른 것들을 포기하면서 매진한 너의 인내는
결국 너에게 커다란 행복을 전해줄 테니

걱정하지 마라
이제 더 이상 걱정이 가져다줄
불행은 아무것도 남지 않았다

우주

우주라는 알 수 없는 공간에
난 지구와 무슨 인연이 있기에
태어나 어제를 살았고
오늘을 살고
내일을 살게되는 걸까

우주라는 거대한 공간에
난 너와 무슨 인연이 있기에
만나 서로 이야기하고
공감하고
행복해하는 걸까

도대체 인연이라는 게 무엇이기에

이별

이별은 우리 사이에서
내가 가장 보기 싫어했던 장면인데
눈물이 맺힌 채 본 하늘에
왜 방금 그 순간이 떠 있을까
한숨을 크게 쉬고 고개를 떨궜다 다시 본 하늘

저기 저 큰 별도 그 옆 작은 별도
모두가 다 환하게 빛나는데
내가 본 이 별이 유난히 더 빛나더라
눈물이 번져 어쩜 그리 환하게 빛나는지
마지막까지 아름다워 더욱 가슴이 아리더라

COCOA

Part.2 나의 일상

꽃을 보는 너

Part **3**

나의 아픔

요즘 어때

항상 나의 대답은 같다
습관처럼 우울하고
버릇처럼 불안하다

약

약을 먹어도 먹어도
나아지질 않는다
약은 약하고
나는 나약하다

별구름

오늘 밤은 구름에 가려 별이 보이지 않는다
나는 구름에 가려진 별일까
별을 가리는 구름일까
나라는 별을 가리고 있는
나는 구름이다

치약

다 써가는 치약
안간힘을 써서 쥐어짜야 나온다
마치 회사 출근하는 내 마음처럼

다 써가는 치약
그래도 제 역할은 다한다
결국 출근해서 일하고 있는 나처럼

비 오는 날 내 방 커튼

비 오는 날에만 열리는 내 방 커튼
맑은 날에도
흐린 날에도
눈 오는 날에도
열리지 않는다
낮인지도 밤인지도 모를 만큼
어두컴컴한 채로 있다가
투둑투둑
쏴아아아
소리와 함께
비가 주룩주룩 내리면
그제서야 활짝 열린다

창문을 타고 흐르는 빗방울이 슬프다
하늘에서 하염없이 떨어지는 빗방울이 슬프다
창문에 툭 부딪히는 빗방울이 슬프다

그래서
내 마음과 같아 비 오는 날에만
내 방 커튼을 열어준다
여기 또 다른 빗방울이 있다고

꽃을 보는 너

과거

우리가 밤하늘을 통해 보는 별빛은
과거의 빛이라고 한다
거리에 따라 아주 먼 과거일 수도
비교적 가까운 과거일 수도 있다
나는 오늘도 밤하늘을 보며 과거를 본다

저 별은 힘들게 어둠을 뚫고 내 눈에 담겼는데
나는 나의 과거에 얽매여 어둠에 갇혀버렸다
저 별들이 이런 나를 본다면
꽤 실망감이 크겠다

불면증

낮의 공기는 너무나도 무겁다
복잡한 거리
수많은 사람들
부딪히는 순간들
무거운 마음에
무거운 숨이 들어와 벅차다

밤의 공기는 너무나도 가볍다
고요한 소리
수많은 별들
혼자만의 시간들
조금이나마 숨이 트이는데
어떻게 잠들 수 있겠어

빗방울

하늘에서 비가 내려온다
어디서부터 떨어지는 것이기에
저리도 홀가분해보일까
툭
툭
무거운 생각을 털어내봐도
가볍지 않은 걸 보면
나는 아직 떨어질 곳이 남아있나보다

흐림

내 마음은 언제나 흐림
회색 물감으로 하얀 도화지를 마구 채우면
그건 내 마음을 나타내는 그림

소풍

하늘은 파랗고
구름은 하얗고
드넓은 잔디가 펼쳐진 곳으로
소풍을 왔다

가끔은 잔잔한 바람이 불고
가끔은 거센 바람이 불고
바람이 불지 않을 때도 있는 곳으로
소풍을 왔다

내가 사랑하는 사람들과
때로는 기쁜 일을 공유하고
때로는 슬픈 일을 위로하고
어려운 일은 함께 해나가는 곳으로
소풍을 왔다

삶이 뭐 별거 있나
삶이 뭐 복잡할거 있나
잠시 소풍 온 것뿐인데
삶이 뭐 어려울거 있나

꽃을 보는 너

타협

오늘도 타협했다
가기 싫은 회사 출근하기로

오늘도 타협했다
타기 싫은 지하철 참고 타기로

오늘도 타협했다
약을 먹고 나아지려고 노력하기로

오늘도 타협했다
살기 싫은 내일을 살아보기로

다음 장

약을 먹고 좋아진다
상담을 받고 좋아진다
일상생활을 문제 없이 할 수 있게 된다
잠도 잘 잔다
악몽을 꾸지도 않는다
중간에 깨서 괴로워하지도 않는다
지하철에서 떨지 않아도 된다
우울함으로 눈물을 흘리지 않아도 된다
불안함으로 밤을 지새우지 않아도 된다

다음 장을 넘겼다
아무 것도 적혀 있지 않다
빈 페이지

지금은 이게 다 무슨 의미가 있나 싶다

타투 I

바늘이 콕콕콕
나의 살갗을 찌른다
한 글자 한 글자
내 몸에 새겨진다

아프기도 하고
짜릿하기도 하고
쾌감을 느끼기도 한다

나를 아프게 하는 이 느낌이
나를 괴롭히는 이 느낌이
나를 해치는 이 느낌이
통쾌하다
좋다

낙엽의 마음

얼마나 버티다 떨어진 걸까
바람에 못 이겨 떨어졌나
자신을 못 이겨 떨어졌나

떨어진 낙엽은 슬플까
떨어진 낙엽은 기쁠까
그 마음을 알 수가 없다

길가에 수없이 떨어진 낙엽들이
계절의 흐름을 노래하기 때문이다
바스락 바스락
온몸으로 가을이 가고 있음을 노래한다
온몸으로 겨울이 오고 있음을 노래한다

그 마음을 알 수가 없다

외로운 공간

혼자여서 외롭다
함께여도 외롭다
나만 덩그러니 남겨진 기분
늦은 밤엔 더 그렇다

소란스러운 듯 조용한 공간
북적이는 듯 한적한 공간
무너진 듯 견고한 공간
내 마음 속 공간은
그렇게 외롭다

무기력

할 수 있는데 안 하는 것이다
할 수 있는데 안 하기로 마음먹은 것이다
할 수 있는데 마음을 핑계로 둘러대는 것이다

해냈을 때의 성취감을 잠시 잊은 것이다
너는 분명히 할 수 있었다

의대증(衣帶症)

아버지에게 죽어야 했던
사도세자가 걸렸던 병
아주 어릴 적부터
사도세자의 비극에 관심이 많았다

옷을 입기 싫어하고
옷을 갈아입어야 할 때면
고통스러워하는
일종의 강박증

아무리 좋은 소재의 옷도
아주 얇은 원단도
심지어는 포근한 이불까지도
마구 벗어던졌다
잠들기 전 내 몸에 닿는 것들을
마구 벗어던졌다

옷이 내 숨통을 조이는 것 같았다
이불이 날 집어삼키는 것 같았다
추워도 어쩔 수가 없었다

사도세자, 그의 병을 조금은 이해할 것 같다

꽃을 보는 너

악몽 II

이제 그만할 때도 됐는데
이제 그만 괴롭혀도 되는데
매일매일 지겹도록 반복된다

과거가 되풀이되는 악몽
이제 미래를 꿈꿔야 하는데
잊고 싶은 과거만 꿈꾸고 있다
이제 미래를 꿈꿔야 하는데
나는 시간이 없는데…

끝의 역설

끝을 바라는 순간
끝을 바라지 않는다

저울

더 아프고 덜 아프고
더 슬프고 덜 슬프고
아픔, 슬픔
그것을 어떻게 무게로 잴 수 있나

그런데 그러더라
슬픔의 무게를 재기에 급급하더라
다들 자신의 슬픔이 더 무겁다 하소연하더라

나의 아픔은
나의 슬픔은
아무것도 아니라며
저울질하더라

내가 느낀 것은 딱 하나

더 아프고 덜 아프고
더 슬프고 덜 슬프고
아픔, 슬픔
그것은 무게로 잴 수 없는 거더라

꽃을 보는 너

N'oublie pas de t'aimer

너 자신을 사랑하는 것을 잊지 말라
참 이해하기 어려운 말이다
나를 사랑한다는 것이 무엇일까
그것을 왜 잊지 말아야 할까
참 이해하기 어려운 말이다

타인에겐 너무나 잘하고 있다
힘들어하면 위로해주고
응원이 필요할 땐 응원해주고
외로워할 땐 옆에 있어주고
나 아닌 다른 사람에겐 잘만 하고 있다

나 자신을 사랑하는 것이 다를 게 있나
내가 힘들면 나를 위로해주고
응원이 필요할 땐 나를 응원해주고

외로워할 땐 가족들에게, 친구들에게 기대보고
제일 좋아하는 노래 하나 들으면 되는 것을

뭘 그리 어렵게 생각했을까

꽃을 보는 너

악몽Ⅲ

똑같은 등장인물
똑같은 대사
똑같은 상황
잠들 때마다 반복 재생되는
이 지겨운 드라마는 대체 언제 끝이 날까

깨어나도 현실로 돌아와도
드라마는 끝나지 않는다
여기도 별반 다를 것 없이 어두컴컴하다
꿈도 현실도 다채롭지 못한 걸 보면
내 인생은 지겨운 악몽의 반복
이 인생의 끝 또한 악몽 같은 까만색

계절병

인생은 계절처럼 돌고 돈다는 걸 잘 알지
겨울이 지나면 봄이 오고
여름이 지나면 가을이 오고
추울 때도 있으면 더울 때도 있다는 걸
누구보다 잘 알지

근데 가끔 나 같은 사람들은
봄이 올 걸 알면서도 겨울을 버텨내기가
너무 힘들 때가 있다
가끔은 봄이 오지 않을 거라고
생각할 때도 있다

그래서 나는
이 계절병이 낫고 나면 나는
나처럼 아파하는 사람들에게
봄이자 여름이고, 가을이고 싶다

타투 II

내 의지로 상처를 내고 약을 바른다
내 의지로 살갗에 잉크를 넣고 약을 바른다
내 의지로 내 몸에 글자를 새기고 약을 바른다
마음은 어떨까

내 의지로 마음에 상처를 내고 약을 바르지 않는다
내 의지로 마음을 짓밟고 약을 바르지 않는다
내 의지로 마음에 낙인을 찍고 약을 바르지 않는다
나는 이 마음을 자존감이라 부른다

약을 바르자
돌봐주자

악몽Ⅳ

매일 꾸는 지겨운 악몽
똑같이 반복되는 무채색의 악몽
깨어나도 별반 다를 건 없다
다채롭지 못하다
늘어나는 약의 색만 알록달록
세상은 여러 색인데
내 마음은 무채색만 담기로 했나보다

잠을 자기도
깨어있기도
아주 애매한
흑백영화 같은
어정쩡한 인생

제자리걸음

런닝머신 위를 걷는다
런닝머신 위를 뛴다
내 두 발을 보면
제자리걸음을 하고 있다
그 모습이 우스웠다

그럼에도 내 심박 수는
속도에 따라 바뀐다
속도를 높이면 빨라지고
속도를 낮추면 느려진다
깨달았다
우스운 일이 아니라는 것을

연습하고 있는 것이다
세상에 한 발 두 발
내딛기 위한 연습
깨달았다
이래서 나 같은 환자에게
운동을 하라고 하는구나

모두가 건강한 삶을 되찾기를 바라며…

두통

머리가 아프다
나 때문에 머리가 아프다
나의 부족함 때문에 머리가 아프다
나의 어리석음 때문에 머리가 아프다

내 두통의 원인은 나

나인 걸 알아서 더 아프다

지난 일

지나고 나면 아무렇지도 않은 일
그때는 뭐라고 그리 힘들었을까

지나고 나면 잊어버리는 일
그때는 뭐라고 그리 괴로웠을까

지나고 나면 괜찮은데
지나고 나면 별거 아닌데
왜 그리도 아파하고 힘들어하니
네가 안고 있는 불편함
조금이라도 나에게 내려놔주라
네가 조금이라도 덜 힘들게

마음이 아파요

안구건조증이 있어요
비염이 있어요
허리디스크가 있어요
쉽게 이야기한다

우울증이 있어요
불안장애가 있어요
수면장애가 있어요
쉽게 말하지 못한다

대체 왜

그래, 사람들에게 이야기할 수도 있다
하지만 사람들이 여럿 모인 곳이라면 다르다
색안경을 끼고 바라본다

똑같이 아픈데
단지 마음이 아픈 것인데
말하지 못한다

가장 말해야 하는 아픔을
가장 말하지 못한다
슬프다

꽃을 보는 너

그림자

나를 졸졸 따라다니는 내 그림자
까만색의 또 다른 나
빛이 있는 곳이라면
어디서든 모습을 드러낸다

이상함을 느꼈다
검고 어두운 그림자가
빛이 있는 곳에서만 나타난다는 것이
그림자가 주인공이 되고 싶은 건 아닐까?

그래, 주인공이 되고 싶었던 그림자는
어두운 곳에서는 모습을 숨기다
밝은 빛이 있는 곳에서 모습을 드러낸 거야

그리고 지금 내 그림자는
주인공이 될 준비를 마친 것 같다

무채색

감정에 색이 있다면
사랑은 빨간색
호기심은 노란색
편안함은 초록색
우울함은 파란색

이 감정들이 모두 섞이거나
이 감정의 색들이 모두 빠져나가면
무채색

새파랗던 우울마저 색 바래진 무채색
무엇이 내 감정을 아무 색도 없이 만들었을까
알 것 같기도 모를 것 같기도 하다

폭포

우리 집에서 밖을 내다보면
아파트 정원에 있는 폭포가 보인다
쏴아아아아
그 소리에 이끌려 노트북을 들고
밖에 나가 폭포를 바라보며 일을 했다
항상 끼는 이어폰도 끼지 않은 채
폭포가 떨어지는 소리를 계속 들었다
커피를 흘리면 큰일이라도 난 듯 소란을 피우면서
오늘 힘들었던 일로 눈물을 흘리면
아무것도 아닌 듯
나만 알고 조용히 지나간다
마치 저 폭포가 쏟아지는 게
당연하다고 느끼는 것처럼
당연하게 지나간다

세상에 아무것도 아닌 눈물은 없다
다 사연이 있고 이유가 있더라
나 또한 그랬고
그 아픔을 나눠야 비로소 눈물의 이유가 생기더라

꽃을 보는 너

물고기

바다를 자유롭게 헤엄치는 물고기
저 물고기들은 그물에 걸려들면 어쩌나
낚싯바늘에 찔려 잡히면 어쩌나
그런 고민은 안 하겠지

그런데 어쩌나
매일 그물에 물고기들이 걸려들고
낚싯바늘에 찔려 잡히는데 말이야
항상 드넓은 바다를 헤엄치고
자유롭게 살아왔으니
이런 일이 생길 줄
물고기들도 몰랐을 거야

왜냐면 나도 몰랐으니까
내가 마음의 병에 걸려
이렇게 아파할 줄

마침표

내가 살기 싫어하는 매일이
누군가에겐 꼭 살고 싶은 내일일 수도 있다는 생각
삶의 마침표를 찍고자 하는 나에게
느낌표를 찍게 한 생각
그 생각 하나가 나를 지배하게
나의 마음 구석구석을
지배하게 두었다

꽃을 보는 너

시든 꽃

피터팬을 따라가고 싶다
꿈의 섬 네버랜드로
어른이 되지 않는 곳
하지만
현실에서 난 시든 꽃
꽃다운 나이 20대
그 어디에도 마음을 두지 못한 채
이리 휘청 저리 휘청
바람 부는 대로 흔들리는 내 인생

모래성

모래성에게도 마음이 있다
누군가 모래를 높이 쌓아올려도
스스로 무너지고 싶은 마음
모래성에게도 그런 마음이 있다

모래성에게도 그런 마음이 있는데
내가 쌓아올린 내 마음이라고 다를까

(안)괜찮아요

무슨 일 있니?
아니요 괜찮아요

어디 아프니?
아니요 괜찮아요

안색이 안 좋아 보여
아니요 괜찮아요

어쩌다 보니
어떤 일에도 끄떡없는
항상 괜찮은 사람이 되어버렸다

내가 되고 싶던 괜찮은 사람은
이런 의미의 괜찮은 사람이 아니었는데

어쩌다 보니
아무 일 없는 건강한
항상 괜찮은 사람이 되어버렸다

네, 저 하나도 안 괜찮아요

꽃을 보는 너

바다가 있는 곳으로

혼자서 훌쩍
눈물이 아니라 정말 혼자서 훌쩍
바다가 있는 곳으로 떠나고 싶다
무엇이 날 망설이게 하는가

바다가 있는 곳으로 혼자 떠나
좋아하는 음악을 듣고
먹고 싶은 음식을 먹고
아무 생각도 하지 않고
그렇게 하고 싶은데
무엇이 날 망설이게 하는가

친구 없이 간다는 외로움?
돈이 없어서?
길을 잃어버릴 것 같아서?

땡! 모두 틀렸다

홀로 떠나고 싶던 여행을 갔다 와도
채워지지 않을 것 같은 공허함
그 공허함이 나의 여행을 막는다

반달

반은 드러내고
나머지 반은 드러내지 않는다
반달이 뜰 때면
어쩔 수 없이 달의 반쪽 모습만 봐야 한다
다른 반쪽은 어둠에 가려 보이지 않는다

나도 그러고 싶다
반은 드러내고
나머지 반은 드러내고 싶지 않다
우울하지 않은 모습은 드러내고
우울한 모습은 아무도 모르게 감추고 싶다

그것이 정답일까?

보름달로 변해가는 모습을
매일매일 지켜보며 혼란스러워진다
어둡다고 생각했던 나머지 반쪽도
환하게 빛나고 있기 때문이다

나의 우울한 모습도
저 보름달처럼 환하게 빛나는 날이 올까
매일매일 달을 지켜보며 나를 다독여본다

이것이 정답이다

충전 중

방전돼버렸다
나의 핸드폰도
나도

충전시키는 중이다
나의 핸드폰도
나도

충전완료됐다
나의 핸드폰만

나는 아직도 충전 중
내 마음은 아직도 충전 중
꽤 낡아버린 배터리라
시간이 오래 걸린다

뭐, 일 년 안에는 충전되겠지

바다

괴로운 마음 한 방울
외로운 마음 한 방울
모여
커다란 바다가 되었다
바람이 불지 않아도
항상 파도가 치는
소란스러운 고요한 바다

지우개

나는 참 못났고, 모났습니다
까칠한 성격에 둥글지 못한 마음을 가졌으니 말입니다
이 글을 썼다 지웠다 반복할 때마다
저 지우개를 닮아야한다 생각합니다
닳고 닳아야 세상살이 힘든 걸 아는데
손에 물 한 방울 묻지 않게
우리 어머니가 나를 귀하게 키웠으니
내 자신이 많이 부끄럽습니다

제페토 할아버지에게

제페토 할아버지
제 마음이 많이 고장났어요
고쳐주실 수 있나요?
저도 피노키오처럼 거짓말을 하고 살았어요
코가 길어지는 대신 마음이 아파지는 게 벌이라면
앞으로는 착하게 살게요
너무 아파서 그런데
제 마음 좀 고쳐주세요 할아버지

꽃을 보는 너

Part.3 나의 아픔

엄마

엄마
이름만 불렀을 뿐인데
괜시리 눈물이 나오는 건
자식으로서 잘못한 것이 많다는 뜻이겠지요

힘들게 낳아
귀하게 키워
세상에 내놓았는데
마음의 병에 걸려
그리 아파하는 모습을 보았으니
그 고통을 감히 상상이나 할 수 있겠습니까

미안합니다
미안하고 또 미안합니다
세상 어떤 말로도 표현할 수 없을 만큼
사랑하는 우리 엄마
당신의 아버지처럼
당신의 딸이
이 길을 걷고자 합니다

엄마
응원해줘서 고맙습니다
이 책을 당신에게 바칩니다